博洛尼亚斯特雷加少儿文学奖提名

国际获奖大作家系列

会飞的牛

[意]保罗·狄·保罗 著/绘

章尹代子 译

人民文学出版社 天天出版社

著作权合同登记：图字 01-2022-2834

Giunti Editore S.p.A./Bompiani, Firenze-Milano
2014 First publication under Bompiani imprint
www.giunti.it
www.bompiani.it
The Simplified Chinese edition is published in arrangement with Niu Niu Culture

图书在版编目（CIP）数据

会飞的牛 / (意) 保罗・狄・保罗著绘；章尹代子译. -- 北京：天天出版社，2023.7
（国际获奖大作家系列）
ISBN 978-7-5016-2113-2

Ⅰ. ①会… Ⅱ. ①保… ②章… Ⅲ. ①儿童故事－图画故事－意大利－现代
Ⅳ. ①I546.85

中国国家版本馆CIP数据核字(2023)第113096号

责任编辑： 郭剑楠　　**美术编辑：** 邓　茜
责任印制： 康远超　张　璞

出版发行： 天天出版社有限责任公司
地址： 北京市东城区东中街 42 号　　**邮编：** 100027
市场部： 010-64169902　　**传真：** 010-64169902
网址： http://www.tiantianpublishing.com
邮箱： tiantiancbs@163.com

印刷： 北京博海升彩色印刷有限公司　　**经销：** 全国新华书店等
开本： 880 × 1230　1/32　　**印张：** 2.75
版次： 2023 年 7 月北京第 1 版　　**印次：** 2023 年 7 月第 1 次印刷
字数： 39 千字

书号： 978-7-5016-2113-2　　**定价：** 28.00 元

致奶奶伊内斯，

无论她在哪里——

她都是第一个听我讲这个故事的人

那似乎是一个和其他任何早晨一样普通的早晨，一个百无聊赖的学校里的早晨。幸运的是，那天没有下雨，天空中布满了各种形状的云朵。看着天上的云朵，我总是产生想对它们进行分门别类的冲动，那天早上我本来也会这么做，但有一件非常奇怪的事情引起了我的注意。校园里拉起了一条随风飘拂的红白相间的长条带，目的是为了不让人们靠近校园。

293 + 178 =
457 - 203 =

教室里，老师对我们说道：“一切正常，没有什么好害怕的。”但那天的课间休息，我们被禁止出教室门。

“可外面没有下雨呀！”

教室后边传来质疑声。但命令是校长直接下达的，他不想听到任何质疑的声音。回到家，我把学校的事情告诉爷爷，爷爷说他会查看报纸上关于这件事的报道。

几分钟后，他告诉我，他在全世界所有的新闻中逐页、逐条、逐行地阅读，甚至为了不遗漏任何细节，他还拿起放大镜仔细查看——那个放大镜，我有时会借来做昆虫观察。

哦，对了，我忘了告诉你们我是谁。我叫莱昂纳多，今年八岁，就读于埃莱门泰莱小学。我的妈妈是名邮递员，负责送信件和包裹。因为现在人们很少写信，所以她最主要的工作是递送罚单和账单。正因如此，当人们听到门铃响起，看到窗外是我妈妈时，就会假装不在家。我的爸爸是一名飞行员，有时他也会飞长途国际航班。他的工作充满冒险，是很多孩子梦想的工作。一开始我也想成为一名飞行员，但当我看到爸爸从中国或澳大利亚悉尼回来后筋疲力竭的样子，他总是在一天中最不应该睡觉的时间里呼呼大睡时，

VIA AEREA
PAR AVION
Par avion
U.S. POSTAGE
6¢
VIA AIR MAIL
Confidential
Priorité
POSTA
EXPRESS
N° 587
1

我就重新进行了思考。

“如果手机没有视频通话功能的话，”妈妈说，“爸爸更像一个看不见摸不着的幽灵，而不是一位父亲。”然后是玛奇亚——我们家十分懒惰但又不可替代的狗狗。爷爷同我们住在一起，他是陪我度过每个下午的好伙伴。因为爷爷已经退休了，所以他有很多空闲时间陪伴我。

奶奶已经不在了。有时候，爷爷想起奶奶来会感到很难过，我们看到爷爷那样，也会有点儿难受。我总是想方设法让爷爷忙碌起来，并让他学习现代科技。但他仍然喜欢阅读纸质报纸，并且说，如果有一天他不去买报纸了，那一天肯定是不正常的一天。

“莱昂，我把报纸全都翻了一遍。”

“你确定吗，爷爷？”

“非常确定。”

爷爷还阅读了体育和经济版面，翻阅了最无聊的文章和广告，还有那些关于电视节目的栏目。他已经阅读了所有可以阅读的内容，甚至还谈起了汽油的价格，认为现在加油掏空了他的钱包。虽然他的汽车驾

*图为《意大利晚邮报》中讲述石油与汽油涨价的文章。

驶执照已经被吊销了。

“为什么被吊销了？”我问道。

“因为我逆行。”

“我不信。”

“是的，那一天我都在逆行。”

实际上，我从妈妈那里得知，爷爷被吊销驾照的真正原因是他的年龄。爷爷奶奶们在上了年纪后，警察就不让他们开车了。但我觉得这对他们太不公平了。

回到报纸上。报纸上登载了成千上万的新闻：遥远的战争，抢劫公寓的小偷和杀害他人的坏人。但是，有关我们校园里发生的事，只字未提。

我决定亲自开展调查。

首先，我需要一个手电筒，然后是一把雨伞，最后是我的狗。嗯，还有爸爸的黄色雨衣。

我试着说服玛奇亚同我一起前往，它一开始并不乐意。玛奇亚是一只非常懒惰而且胆小的狗。

我向它解释了至少半个小时，告诉它这是一项非常重要的调查，而且我非常需要它的帮助。玛奇亚继续困惑地看着我。然后，我想到了一个 B 计划，并向它保证，如果它同我一起去，将会得到非常丰厚的回报。在这些许诺面前，它终于同意了同我一起去探险。此外，玛奇亚喜欢暴饮暴食，没有任何节制，甚至可以从早吃到晚。它无时无刻不感到饥饿，无时无刻不在用鼻子嗅着遇到的所有东西。

晚饭后，我们计划由爷爷拖住爸爸妈妈。我则带着玛奇亚，开始前往学校的冒险之旅。一刻钟后，我们到达了目的地。同时，我打开了调查本。

天空中开始下起了雨。先是一小滴一小滴，然后越下越大，雨滴同弹珠一般大。有些雨落在了调查本上，当我擦去上面的水渍后，整张纸也膨胀了起来。不巧的是，我把雨伞忘在了家里。

我试图用手电筒照亮校园里的草坪。然后，我看到了惊人的一幕——

在草地上，躺着一头巨大的、一动不动的、腹部膨胀到让人难以置信的奶牛。也许，它已经死了。

我没有感到害怕，而是尽可能地靠近它的耳朵，低声询问它是否已经死了，然后，用稍微大一点儿的声音喊道：

9月12日

如果不下雨，
调查就从今天下午开始。
但事实上下雨了。

我的狗狗玛奇亚同意和我一起去冒险。
爷爷想办法拖住爸爸和妈妈。

奶牛之谜即将解开。

到达目的地，
开始行动

备注：被雨水打湿，有点儿模糊

“你死了吗？

“你死了吗？

“你死了吗？”

也许这么问并不合适。所以我决定换种方式来问它：

“你还活着吗？

“你还活着吗？

“你还活着吗？

“你还活着吗？”

什么都没有发生。没有任何回应。我问玛奇亚是否知道奶牛的语言。它只发出了厌烦的“汪汪”声，意思是：“我只知道狗叫声。”此外，它浑身上下都被雨淋湿了，正示意我赶紧离开。我和手中的调查本也被淋湿了。爸爸的雨衣很大，帮我遮挡了一些雨，但我感觉自己像个幽灵。

“玛奇亚，你觉得呢，我们现在回去吗？”玛奇亚用鼻子示意我这是最好的解决方案。

就在这时，爷爷发短信问我调查的进展情况。他不停地向我发送“**一切都好**”，但没有加上问号，因为他找不到手机上的问号键在哪里。黑暗中，我的手机如同萤火虫一样闪闪发光。

“**只是一头死去的奶牛。**”我回复他。

他写道：“:-0”

这是我之前教爷爷制作的表情符号。回家前，我从调查本上撕下一页，在上面写道：

尊敬的奶牛，

如果您醒来了，我会很高兴听到这个消息。

您的莱昂

备注：我住在马切来街 87 号。请不要害怕，您不会有事的。

我又撕下另一张纸，做了一个小信封，希望它可以保护我写的纸条，让它不被雨水淋湿。然后，我把信封放在奶牛的身边。

回家时，我有些难过。跟在我身后的玛奇亚心情也不好，它拖着疲惫的身子，每走一步打一个喷嚏。

突然，我看到有一辆车向我亮起大灯。“那个人想干吗？”我心想。我一向不信任陌生人，于是径直走自己的路。没想到，汽车上的男人按起了喇叭。我转身一看，原来是爷爷。

“你来这里做什么？你跟踪我？”

“不，看你说的，我只是刚好经过。”

“我才不信。”

“你别多想。”

“但是你没有驾照！”

“没关系，没人看见我。”

然而，我们刚转过弯，就看到一名手举警示牌的警察。他同时试着吹响口哨，但是雨太大了，根本吹不响。“打扰了。”他对我们说，“我浑身上下都湿透了，而且你们也看到了，哨子也不起作用。你们能载我一程吗？”

爷爷想从我的眼神中得到赞同。我瞪了他一眼，让他明白那样做很危险。也许警察会检查他的驾照，

MULTE

那将是真正的大麻烦。我提议，把我的雨衣借给警察，因为我们着急赶路。

“这是个好主意！”警察说，“我该如何感谢你们呢？”

他又补充道，在现在的社会，善良是一种越来越稀缺的东西，突然遇到了它，心里就很温暖。他还说：“每天我都会随身携带罚单和送给我遇到的好心人的单子。罚单总是很快就能发完，因为人们总是喜欢把车停在很荒谬的地方。有一次，我看到像你们这样的一辆车停在另一辆车上。”

“在另一辆车上？”

“是的，就停在另一辆车上！真是难以置信。”

“那给好心人的单子呢？”

“总是发不出去。星期一基本上碰不到一个好心人，那一天所有人都很紧张，怒气冲冲。星期二稍微好一些。从星期五下午开始，那些给好心人的单子才会派上用场，虽然不是很多，但还是有一些。你们真的很善良，哪怕今天是星期三。”

我们松了一大口气。

“成功了，嗯？”我对爷爷说。

“你真是个天才。”爷爷回答道。

一到家，我就忍不住想那头奶牛。我发现，学校里的孩子们没有权利去看那头肚子膨胀的奶牛。不然，为什么校长禁止我们进入校园呢？我不得不把这条禁令添加到已经太长的禁令列表中去：

——禁止在手指肚儿起皱纹后泡澡或者下海；

——禁止湿着头发四处走动；

——禁止连续吃两个冰激凌。

“去除火腿中的脂肪”这一条在列表中进进出出，这不仅取决于日子，还取决于爸爸妈妈。妈妈是允许的，爸爸不允许。无论如何，我还需要更新一下列表，加上：

——看到腹部膨胀的奶牛（可能已经死了）。

我决定向同班同学透露昨晚看到的一切，包括刚剪掉刘海儿的朱莉娅。我问她为什么把刘海儿剪了。她告诉我，她不能忍受每天都要把挡在眼睛前的刘海

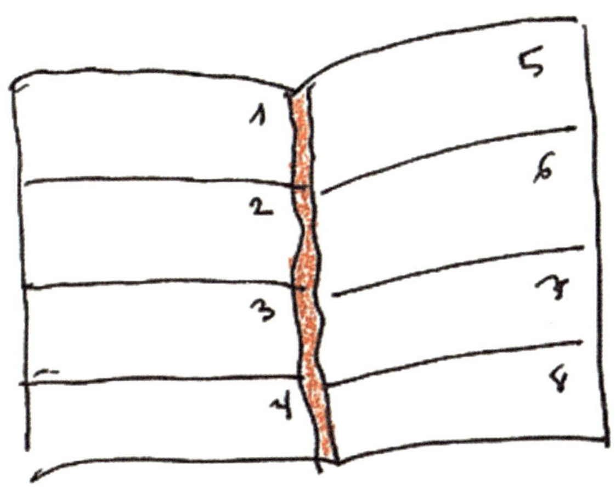

儿吹开。

“啊！”我说，“真的是太可惜了。”

“奶奶和老师也是这么和我说的。我现在看起来很丑吗？”

“不丑，从来不丑！你一直都很漂亮。哪怕你掉了一颗牙齿，你也很漂亮。”

同一天，除了朱莉娅的刘海儿外，我发现奶牛也不见了。奶牛，就这么消失不见了。

我感到很悲伤，因为朱莉娅剪掉的刘海儿，更因为消失的奶牛。我没办法集中注意力做作业。除了去想那头奶牛外，我什么都做不了。我愿意付出一切去了解事情的真相。所有人——妈妈、爸爸都反对我的看法，甚至爷爷也有一些不赞成。他们耸耸肩膀，认为世界上有许多事都比一头已经消失不见的腹部膨胀的奶牛要重要得多。我感到周围弥漫着一种奇怪的、过度的紧张感。那名警察说得对，我周围的大多数人似乎心情都不好。到底发生了什么事呢？一切都不顺利。

几天后，当我准备把调查本放进抽屉时，一件不同寻常的事情迫使我重新调查起那件我认为已经结束的事。那是一个深夜，我尝试着让自己入睡，但有太多的问题敲击着我的太阳穴。我以为那持续不断的噪声是从我的脑子里传来的，但实际上声音来自外面。

有人正在敲打我的玻璃窗。我打开床头灯，揉了半天眼睛，走到窗边，想去看看发生了什么。什么都没有，但外面一片漆黑。

我看向更远的地方。一开始，我只看到一只手和一条看起来很长的手臂。原来那是一个个子很高的红发男孩的手臂。他踮着脚，不停地敲打我的窗户。

“喂！”我对他说，“你觉得现在是敲窗户的时候吗？你不知道现在是大家睡觉的时间吗？”

也许我使用了一种过于生硬的语气。敲打窗户的男孩踮起脚跟向我道歉："我知道，但是有一件非常紧急的事情。我们可以谈谈吗？"

"好吧，但是你要快点儿，在大家醒来之前赶紧讲完。"

"没问题。我不知道你的名字，小孩。那天晚上我跟着你，看到你住在这里。所以，现在我就过来找你了。"

"第一点，"我很生气地说，"我不叫'小孩'，我有名字，叫莱昂纳多，请你记住。第二，我很想知道，究竟是出于什么原因让你萌生了想要跟踪我的想法。不过，你要是想害我，我会尖叫或者报警。我警告你，我认识一名警察，他要是知道了，你可就完蛋了。"

"可我并不想害你！"

"好的，那我们开始谈话吧。"

就在这时，我发现他的牙齿打战更厉害了。是我对他太苛刻了吗？

“我不是故意吓你的。”他对我说。

“我也不是故意吓你的。”我对他说。

“这样更好。”

“是的，这样好太多了。那为什么你的牙齿还在不停地打战呢？”

“我有点儿冷。”

“但是我不能让你进来。”我说。

“我只需要一条毯子。”他说。

“稍等。”

我从衣橱里拿出一条自己从来没正眼瞧过的、毛线黏在一起的、看起来有些愚蠢的橙色旧毯子。一旦接触到皮肤，那条旧毯子就会产生让人奇痒无比的魔力。

“这是一条会蜇人的毯子！”我把毯子扔出窗外，冲着敲窗户的男孩喊。用“喊”并不确切，你们能够体会那种低声喊叫的感觉吗？

男孩终于停止了颤抖。

“现在你能告诉我你为什么跟着我，以及你为什么出现在这里吗？”

“我跟着你的原因，小孩……”

“我不叫‘小孩’。”

“莱昂纳多，是因为那天晚上我也在学校门口。我也因为同样的原因出现在那里。”

“什么原因？”

“当然是奶牛。”

“我不明白。”

“我还没有告诉你，我以前也是你们学校的学生，光荣的埃莱门泰莱小学的学生。坐在学校书桌旁的那些年，我相信有太多的谜团发生在学校里，但学生们一无所知。所以，我发誓，我会继续调查下去，直到一切水落石出。”

“你对那头牛了解多少？”

“和你同校的一个学生，与我一直保持着密切联系。他告诉我，有头腹部膨胀的奶牛在一夜之间消失了……我已经构建起一张调查人员网，等到我们制订出计划后就立即采取行动。如果你想成为我们中的一员，我会把所有细节都告诉你。”

“我们不能明天早上谈吗？”

虽然这件事对我来说非常重要，但是我实在顶不住阵阵来袭的困意。

我们在学校门口的托勒密咖啡馆碰头，要求咖啡馆为我们保留有弹子球台桌的包间，以免被人窥视。这是一件非常私密的事情，到目前为止我甚至还不能向爷爷透露一个字。高个子男孩已经坐在桌子旁了。他为昨晚的匆忙出现再次道歉后，我询问了他的名字，因为我还不知道他叫什么。

“我叫毛里。”他说。

“好的，毛里。我们要做什么？”

“我们还要等其他人。”

十分钟后，我们六个人坐在桌子旁：毛里、我、弗朗切斯基诺、马蒂亚、雅各布、亚历山德鲁。“就好像七个小矮人一样。”毛里说。“还差一个。”我们异口同声地说。此时，优素福气喘吁吁地赶到，现在就对了：就像七个小矮人一样。很快，我就确信我们是一支强大的调查队。

简单来说，事情是这样的：毛里确信那头奶牛是被校长偷走并藏在了学校地下室里。他还说了另外一件怪事：在他读小学的年代，一位老教师蓬佩勒莫在一夜之间消失了，没有人知道她去了哪里。

恰巧，毛里特别喜欢这位老师。他甚至说，蓬佩勒莫老师是他唯一想要对她好的老师。毕竟，所有其他老师都在反对毛里升级，只有蓬佩勒莫老师支持他。

“多少次，”毛里说，“我询问蓬佩勒莫老师怎么样了，从来没有人愿意回答我。所有人总是找荒谬的借口来搪塞我，说她既不在天上，也不在地下。”

毛里决定一查到底，但连一点儿蛛丝马迹都没找到。小学生涯结束了，他依然没有找到答案。于是，他想同埃莱门泰莱小学的新生们建立起沟通的桥梁，大家一起继续调查。弗朗切斯基诺、马蒂亚、雅各布、亚历山德鲁和优素福点了点头。

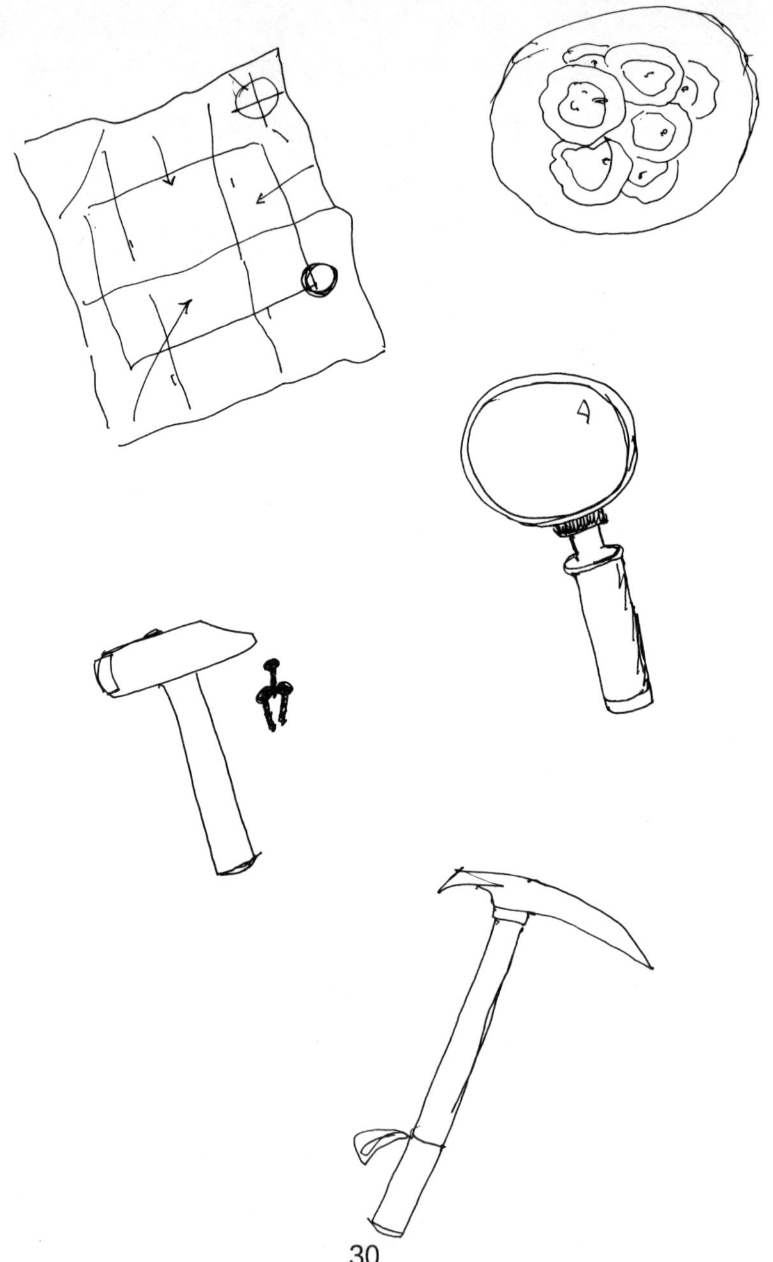

弗朗切斯基诺的爸爸——建筑师蓬特，为他的儿子提供了一张非常详细的学校地图。

马蒂亚的爸爸——费里・科尔蒂五金店的店主，为他的儿子提供了一把锤子和一些钉子。

雅各布的爸爸——眼科医生伦蒂，为他的儿子提供了一个巨大的放大镜。

亚历山德鲁的爸爸——卡尔切・斯特鲁佐是造船厂的工人，为他的儿子提供了一把破冰斧。

优素福的爸爸——"你是比萨"比萨店的比萨师，为他的儿子提供了一些比萨饼。

"那你呢，莱昂？"

所有人的目光都集中到我身上。我直冒冷汗，有那么一分钟，我绞尽脑汁想，自己能从飞行员爸爸和邮递员妈妈那里得到什么。突然，我豁然开朗："我？我可以提供一条狗！"

所有人都同意狗在危险的探险中派得上用场。这时，毛里把线索放到桌上。一共是两条线索：一张用手机拍的校长的照片和一本书的照片。在第一张照片中，校长浑身是汗，脸上布满灰尘，正在往浴室跑去。

他在做什么？毛里认为，那不是重点。重点是，毫无疑问，校长经常前往学校神秘的地下室，不然怎么会从头到脚，甚至头发上都是灰尘呢？另一条线索是书。

“这和一本书有什么关系？”所有人都感到疑惑。

“这是蓬佩勒莫老师失踪前一天早上放在桌子上的书。”

毛里确信那是一条线索。那本书的书名叫作《梵蒂冈的地下室》，书签标记的那一页写着……

我们的计划是在夜晚潜入学校。这会遇到不少麻烦。首先是警报。确切地说，这不完全是警报。充当警报器作用的是年迈的门卫：他住在学校入口附近的储藏室里，以吃人妖怪般的嗓门闻名在外。我们必须想出办法来解决这个难题。此外，我的想法是让朱莉娅也参与其中，但我严重怀疑女孩没有资格参加这次探险。

在我建议前，亚历山德鲁提出先在校园里举行未经授权的抗议活动后再进行夜间探险的想法。毛里说这不算一个坏主意，我也这么认为。如果在我们进行完抗议活动后，大人们还是决定隐瞒奶牛消失的真相，我们就会进行 B 计划——在夜晚潜入学校，一探究竟。

在光荣的埃莱门泰莱小学的校园里，鼓动抗议的传单如雨点般落下。一天后，所有有意愿的学生被召集到学校大门口，举着横幅、旗帜、喇叭和装饰带，为了支持共同的“事业”，也为了获得奶牛消失真相的知情权。

一切进行得很顺利。学生们看到了横幅上的口号，听到了口哨声和鼓掌声，甚至是鼓声！游行队伍的横幅上写着：

我们想要
关于奶牛的
真相！

在我们的头顶上摇晃着许多彩色标示牌，每块标示牌上都写着一个特定的问题或呼吁："你们想隐瞒什么？""你们觉得我们是傻子吗？""我们有权知道真相！"

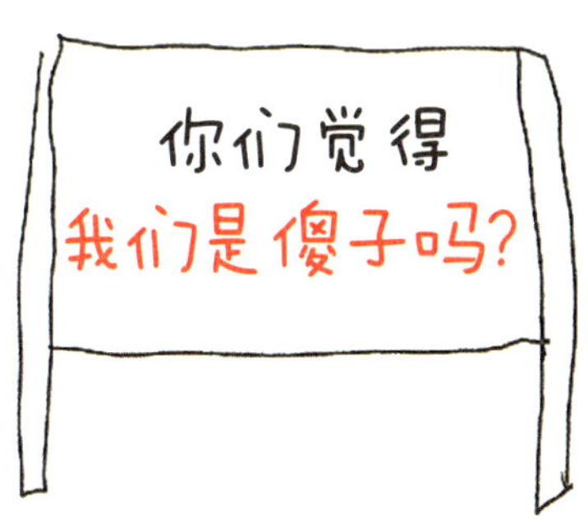

在一个临时搭建的小型讲台上，马蒂亚做了简短的演讲，得到了毛里和整个团队的认可。演讲的大致内容如下：对小孩隐瞒很多事情的陋习必须马上停止。我们不再容忍大人们隐瞒真相的做法。就在那时，马蒂亚用全部肺活量喊了起来：

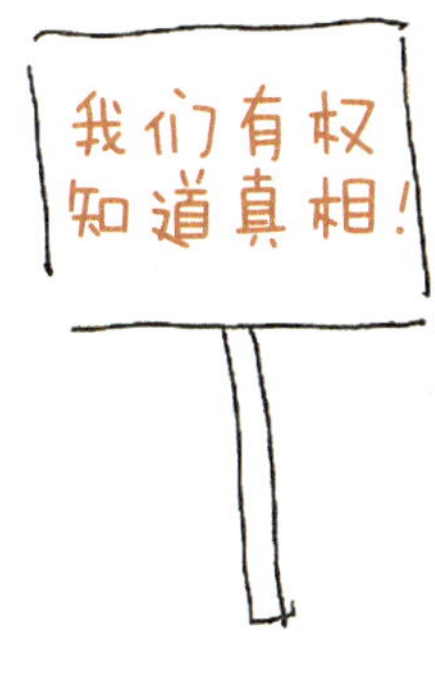

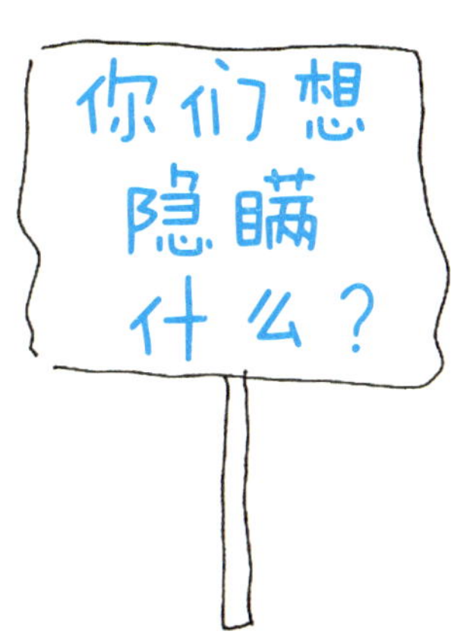

“你们不是要求我们小孩不要说谎吗？这不是大人们每天在我们耳边唠叨的话吗？好吧，如果不允许孩子撒谎，那么大人们也不能！”

掌声和“说得好！”“说得对！”“再说一次！”的欢呼声此起彼伏。

就在那时，雅各布提出要补充一些细节。清了清嗓子后，他开始以自己的经历为例，说道：“听着，我越是讲真话，父母对我的质问时间就越长。我越是避免说谎，我就越意识到他们在说谎。我举一些例子。

妈妈：“晚饭后不许使用平板电脑！”

我：“为什么爸爸正在用？”

妈妈：“因为他在工作！”

我：“我应该相信吗？”

我："我们真的没有钱买那辆闪闪发光的神奇小汽车吗？就算是那辆超级便宜的坦克车也可以。"

妈妈："不，雅各布，我们没有钱。你应该向圣诞老人求助，看看他会如何决定。"

我："好吧，我会去求他的，即使现在离圣诞节还有两个多月。不过我能问你一个问题吗，妈妈？"

妈妈："当然，雅各布。"

我："为什么沙发上的那个大袋子里装的都是你刚买的新衣服？"

妈妈："不要说脏话，雅各布！"

我："爸爸刚刚在电话里就说了一句脏话。"

妈妈："那个不算！"

我："啊！是这样的吗？那把手机给我！"

雅各布的每个例子都赢得了学生们的掌声，点燃了他们的热情。我也完全赞同他的观点。有时候大人们真的让我们抓狂。他们对我们提出很多要求，但大多数时候是他们言行不一！

太多次了！他们不希望我们把房间弄得一团糟，那他们是怎么做的呢？弄得更加糟。你们见过我妈妈的书桌吗？还有我叔叔的汽车？那真的是混乱至极，都可以当作一个需要花不少力气才能找到宝藏的寻宝地了，甚至还能找到时代久远的老古董。有一次，我发现了一个上面写着“1995 年新年快乐”的打火机！上个世纪的东西！除了他们的混乱外，我还有很多其他事情要谈。大人们告诉我们不要成为坏小孩，可他们说了那么多坏话。大人们告诉我们不要着急，可他们做任何事都很匆忙，有时甚至六七件事情一起做。大人们告诉我们不要大声说话，可他们经常大吼大叫。大人们告诉我们要等待，不要急躁，可他们从没学会等待。“你快点儿呀！”“赶紧动起来！”是他们经常对我们说的话。大人们对我们说：“首先是责任，然后才是享乐。”可他们呢？午睡、咖啡、电视、第二杯咖啡、第三杯咖啡、抽烟的人开始抽烟……真的搞不懂他们！

校长和老师们都瞪大了眼睛，仿佛看到了外星人。

马蒂亚再次开口说话，强调再过二十四小时，他就会下最后通牒。如果在一天之内不把奶牛消失的真相公布出来，那么学校里将会有“爆炸性”新闻……就在那时，最大的一条横幅被展开，上面写着：

喧闹声震耳欲聋，学生们的热情不断高涨。老师们开始表露出不耐烦和愤怒的神情。校长满脸通红，满头大汗，气得直跺脚。远处传来警笛声，预示着我们遇到了严重的麻烦。校园的扩音器里传来了明确的警告：“我们数到三，所有学生回到各自的教室，否则，将会受到严惩。”当扩音器传来“一……”的时候，天空中下起了倾盆大雨，迫使所有人回到教室。没过多久，宣传海报和传单都变成了纸糊糊。我望向窗外雨中空荡荡的讲台，内心涌起一股巨大的悲伤。

老师的责备是无情的。她说我们已经越过了底线。她还强调，今后不准再发生此类事件。而且，她还对我们的鲁莽行为采取了更加严厉的惩罚措施。

规定一：完成三倍的作业。

规定二：即使阳光明媚，娱乐活动也只能在教室里进行，为期至少一个月。

规定三：紧急召集家长与老师会面。

规定四：取消食堂午餐的炸薯条。

“可食堂从来没做过炸薯条！”教室后面传来声音。

“这不重要。规定同样有效。哦，我还忘了一件事：自动售货机将取消售卖零食。”

“那卖什么？”

“芸豆汤罐头。”

那一刻，教室里一片死寂。我们从未如此安静过，即使是在老师最糟糕的盘问和最可怕的爆发面前。面对老师提出的“你们是怎么想出来抗议活动的”问题时，没有人敢开口说话。老师盯着我们看了几分钟后，布置了一些书面作业。这些作业足足可以填满三个寒假。

家里还有其他惩罚措施：三天内禁止接触平板电脑和电子游戏。这些措施比我想象的好一些。

“电视呢？”

“你可以看新闻，但禁止看其他的。”

最严重的问题是如何同团队中的其他人以及已经被允许参加探险的朱莉娅沟通。我们本来打算在第二天早上制订一个计划的。

我向朱莉娅讲述了 B 计划——夜袭学校。朱莉娅对此饶有兴致，提出了全世界最绝妙的想法。为了掩盖我们晚餐后出门的事实，我们会让父母相信校方会在学校附近的一个地方举办一场大型和解会，老师和学生们将参加和解舞会。我会从妈妈那里偷走足够多的邮票，用朱莉娅亲手准备的粉红色信纸寄出假邀请函。所有人在看到邀请函寄到家中后，要表现出吃惊的模样，同父母讲，是校长的妻子——慷慨的帕奇菲奇女士组织了这场舞会。为了不让已经很焦虑的父母陪我们一起去，我们还找到了一个完美的理由：朱莉娅的哥哥会护送我们前往舞会举办地。

“但是你们确定他会开车吗？”

“是的，当然了！他还参加过赛车比赛，并且拿过奖！”

“可我还是觉得不太放心。”妈妈说。

“妈妈，从家到和解舞会的距离还不到三公里！”

事实上，朱莉娅十八岁的哥哥刚刚拿到驾照，还没有开过几次车，但是现在没有其他可行的替代方案了。不管怎么说，这的确十分冒险。

激动人心的日子终于来了。粉红色邀请函如期到达了所有的预期目的地。一切准备就绪。吃完晚饭，我在门口牵着玛奇亚。

“它去干什么？”妈妈指着玛奇亚问。

“你知道的，”我回答，“索菲亚家的狗米兰达很想认识它。”

“好吧，但是不要让它靠近蛋糕。另外，保险起见，你最好带上这五欧元。”

我还额外得到了五欧元的收入。一切进展得十分顺利。毛里和其他探险队员已经在朱莉娅哥哥的车里了。车里有些拥挤，但我一点儿都不介意。

学校一片漆黑，甚至没有苍蝇飞动的声音，只有一盏老旧的路灯发出嗡嗡声，闪烁着微弱的光。我们必须提前规划好预案。首先需要攻克门卫这一关。朱莉娅再次萌生出一个绝妙的想法：她会按响门铃，告诉门卫她的父母本应该在四点半来接她，但他们临时有事说晚点儿才能来。不巧的是，手表电话没电了，她已经在马路边来来回回走了五六趟，等到现在，天已经黑了。她会问门卫是否可以招待她半小时，让她打个电话给父母，再吃点儿饼干。

她说那些话时，会用最甜美的眼睛看向门卫。

当她喊出作为信号的三声“谢谢”后，我们会在不引起注意的情况下进入学校。狗狗玛奇亚第一个进去，然后是拿着手电筒的我，之后是拿着地图的弗朗切斯基诺、拿着放大镜的雅各布、拿着破冰斧的亚历山德鲁、拿着锤头和钉子的马蒂亚、拿着最新一代照相机的毛里，最后是拿着比萨饼的优素福。

在朱莉娅按响门卫的门铃前，我问她害不害怕。

“有一点儿。”她告诉我。我想和她待在一起，但这不切实际。然后，我向她保证，一切都会很顺利，这次探险一定会取得成功。

我们躲在拐角处。我告诉玛奇亚它不应该大声喘气。第一次按响门铃后，没有人出现。于是朱莉娅再次按下了门铃，依然没有人。也许看门人有些耳背。终于在第三次门铃响起后，老门卫用类似童话故事中食人魔的声音喊道："该死的，谁在这个点按门铃？"

朱莉娅向他详细地解释了一切，但门卫似乎并不接受她的理由。相反，他用一种极其严厉的声音说，过了一定的时间段，就不应该随便按响别人家的门铃。当门卫正想赶走朱莉娅时，幸好他的妻子，一个对丈夫避之不及的小巧女人出现了，她对丈夫说不应该把这么可爱的小姑娘独自留在黑夜中。

"来吧，我会照顾你的。"门卫的妻子一边说，一边让朱莉娅进了屋。

在那个时候，我想到所有可怕的故事都始于一个看起来非常友好的老妇人。她会让孩子们进入她的房子，然后用魔法迷惑他们。"你们确定她不会害朱莉娅吗？"我问其他人。他们示意让我闭嘴。

当听到朱莉娅喊出的连续三声“谢谢”后，我们的探险正式开始了。

夜晚的学校光线微弱，几乎看不清任何东西。我们冒着被障碍物绊倒的危险继续前行。我们在学校度过了每个白天的大部分时间，但到了晚上，学校是另外一副模样，完全认不出来。它变成了一个神秘的，甚至有点儿让人不安的空间。我们一个接着一个，排成长队，设法到达弗朗切斯基诺地图上标示的通往地下室的通道。

“那是一扇绿色的小门，上面写着‘**非员工禁止入内！**’”

“对，就是那里。”

“他们一直和我们说，靠近那里是非常危险的事情。”

那一刻，我们陷入了恐慌。对于勇敢的人来说，那只是大人对小孩撒的无数谎言中的一个；对于胆小的人来说，最好还是放弃。

“如果发生爆炸怎么办？”

“如果防盗警报响起怎么办？”

毛里十分安静，这不是一个好兆头。我们都看着他，等待着他下命令。

他问我们是否带了毛绒玩具。

“毛绒玩具？”

“是的，毛绒玩具。熊，大象，都可以……”

我们齐声回答说："我们都已经长大，不再玩毛绒玩具了。"

"真是太遗憾了。那么我们只能放弃探险。"

这时，在手电筒微弱的亮光下，我们彼此对视了一眼，没有人会承认自己带了一个毛绒玩具。优素福首先打破沉默，说道："我背包里有一个鳄鱼毛绒玩具，如果它能派得上用场的话。"看到优素福的鳄鱼后，马蒂亚拿出了他的熊猫，雅各布取出了他的兔子，我也被说服把我的长颈鹿介绍给了大家。

毛里低声笑了起来，说现在毛绒玩具太多了，但无论如何，我们会派遣它们先行侦察。如果鳄鱼、熊猫、兔子和长颈鹿没有在绿色门后被炸飞，我们就继续前进。

毛里小心翼翼地打开绿色小门，把毛绒玩具一个一个地扔进去。与此同时，为了安全起见，我们都捂住了耳朵。鳄鱼在入口处没有任何动静，熊猫在入口处也安安静静，兔子也是如此。我有些焦虑地把长颈鹿递到毛里的手中，一切都很顺利。我们长长地舒了口气，准备进入小门。

一个接着一个，我们置身于一片漆黑中。我移动着手电筒，看看左边，瞅瞅右边，寻找对我们探险有用的东西，但看到的只是剥落的墙壁、蜘蛛网、装满书本和文件夹的架子、成堆的早已被人遗忘的课堂作业和记录，就好像学校把它的过去摆在了我们面前。那里是所有曾经在这所学校上学，现在已经长大毕业的孩子们学习和生活过的痕迹。毛里说他很乐意去看看那些文件，寻找关于他的东西。

“你疯了吗？没有时间了！”我们几乎异口同声地说道。

“我必须了解一些事实。我必须弄明白事情为什么会发展成这样。”

“但你要知道，现在什么才是最重要的。”

“我提醒你们，我是真正的受害者。”

“是的，好吧，但是你现在什么也做不了。”

“我想知道，我的作业是不是真的同我被告知的那样弄错了。”

我们无法阻止他。毛里从我手中夺过手电筒，气冲冲地走到书架旁，翻找书本和文件夹，把课堂作业扔得满天飞。在昏暗的亮光下，飞在空中的笔记本看起来就像海鸥疯狂扇动着的翅膀。

突然，我们听到一声让人头皮发麻的尖叫。

是毛里。

“你疯了吗？你把我们都吓了一大跳。”

我们以为他终于找到了上小学时的课堂作业，但事实并非如此。作为我们中年纪最大的男生，毛里的声音颤抖着，似乎被吓破了胆。他一个字一个字地说:“你——们——不——知——道——我——看——到——了——什——么。”他突然变得结巴，“你——们——不——不——知——知——道——道——我——看——看——到——到——了——什——什——么。”他不停地重复着这句话，就像一张被施了魔法循环播放的唱片一样。我们如同在比赛中探讨新策略的橄榄球球员，在毛里周围围成一圈，但我们没有任何新的策略！

毛里继续结结巴巴地说他看到了一些不知道该如何形容的东西。他说，有一样东西似乎是活的。

“是幽灵吗？”弗朗切斯基诺问。

“不是。”

“是怪物吗？”马蒂亚转身问道。

“也不是。”

“给我们点儿线索。”雅各布，眼科医生伦蒂的儿子说道，“我想了解得更多一些。”

“我感觉，”毛里说，“像一具尸体，被绑着的尸体……”

“这是谋杀！”亚历山德鲁叫了起来，他对自己得出的结论充满自信。

“不，他（她）好像还活着……”

“现在我们必须解救他（她）！”我说道。玛奇亚“汪汪”叫了一声，表达同意我的看法。

首先，我们遇到的难题是要回到那里看个究竟。谁有这个勇气呢？没有人愿意去一个未知而神秘的地方，所以我们一致决定排成一队，一同前往。最前面的是狗狗玛奇亚，所以我排在第二个。

在手电筒微弱的亮光下，我最先看到的是一双脚。从鞋子的款式来看，是女鞋。双脚被绳子绑着，这是非常危险的情况。可能是无情的罪犯绑架了一名女性并将她扣在学校地下室当作人质，而罪犯随时可能从黑暗中出现。我告诉其他人务必做好准备。玛奇亚发出一声轻微的叫声，甚至吓不走一只苍蝇。

那双脚周围的地板上一片狼藉。瘪了的旧气球、坏掉了的玩具，还有成堆破旧的书本。

“别害怕。”突然传来一个声音。所有人都被吓了一跳，我和玛奇亚也是。我朝上举起手电筒，想要一

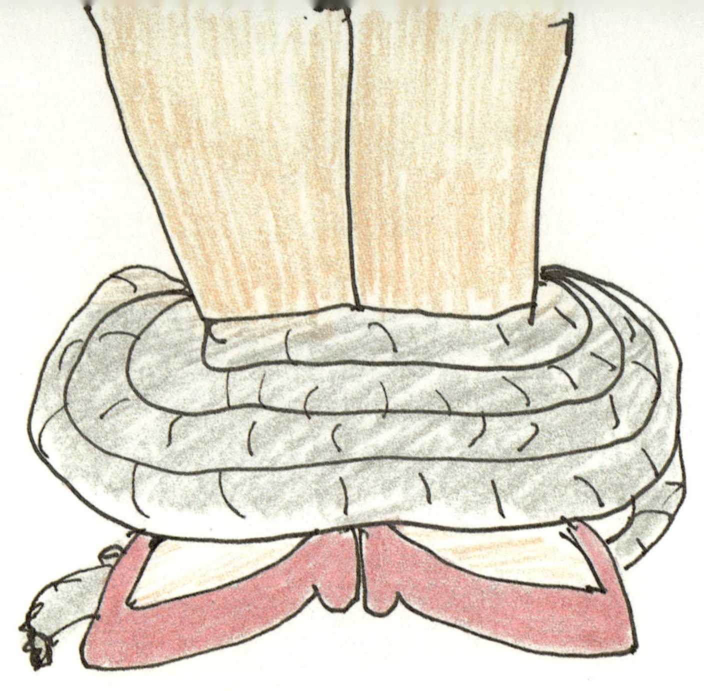

探究竟时，毛里再一次发出了尖叫声。在泪水和啜泣声中，他扑倒在那名神秘女性的脚边。

“蓬佩勒莫老师！”毛里喊道，“蓬佩勒莫老师！”

我们惊讶地看着彼此。是蓬佩勒莫老师吗？她在那里做什么？蓬佩勒莫老师是一位戴着大大的眼镜、相貌和善的老妇人。现在的她像一只乌龟，但是浑身上下又肿又软，就好像被绳子系着不能起飞的气球一样。

毛里仍然在哭。这时，优素福询问蓬佩勒莫老师在那里做什么。

“他们把我藏在这里……有一天，我在学校感到不舒服……校长和其他老师都说让孩子们看到一位生病的老师不是一件好事……所以他们把我带到了这里。‘至少让我同孩子们打个招呼吧。’我对他们说。‘我们会同孩子们知会一下的，别担心，蓬佩勒莫老师。’他们回答我。但我的内心久久不能平静。我对自己说，等我好了，我会同孩子们亲口说的。但是与此同时，我越发感到疲惫……你们知道那种胳膊和双腿像灌了铅一样沉重，眼睛怎么也睁不开的感受吗？我努力想保持清醒，却发现完全是徒劳。在我就要睡过去的时候，我一直请求他们让我同孩子们告别。就好像远处传来的嗡嗡声一样，我听到校长和老师们说着：‘还没到时候，蓬佩勒莫老师，这件事情我们会考虑的。’我感到他们的声音越来越远，我感觉自己的身体越来越轻，越来越轻，胳膊和双腿不再像之前那么沉重，我感到自己快要飞走了……”

“永远地飞走吗？”手里拿着锤头和钉子的马蒂亚问道。

“是的，永远。总会有一个时刻，人们会真的飞走……我们所生活的日子，一天又一天，然后是一百天，一千天，一万天，两万天，三万天，直到永远。然后那些日子越来越沉重，越来越沉重……直到你必须摆脱它们，重新变得轻松，像气球一样……”

“接下来会发生什么？”我问道。

“接下来，我们会从天上往下看这个世界。你们知道吗，那会是一件非常美好的事情。然后……你可以做你喜欢做的任何事情。”

“蓬佩勒莫老师，你会选择做什么事呢？”雅各布问。

“我吗？很显然，我会选择跳舞！”

“但你是位老师！”

“我是老师并不能说明什么。就像你，你也做作业，但这并不意味着你喜欢做作业，对吗？”

这时，毛里恢复了一些平静，他擦干泪水说：“老师，你从来没有告诉我们你想成为一名舞者。”

“是的，毛里，我从来没有告诉过你们。我只把这个梦想留给自己，就好像我有一个小小的秘密基地，心里的某个地方就像这个秘密基地一样，放着我不想同任何人分享的梦想。”

“老师，你饿了吗？”优素福问道，“这里有一些比萨，如果你喜欢的话。”

“我不饿，谢谢你，亲爱的，我只希望我的双脚能够被解开，这样我就可以飞起来。你们能帮我吗？”

“我们当然会帮你，蓬佩勒莫老师，但我们到这里来是为了另外一个任务。”弗朗切斯基诺说。

“什么任务？”蓬佩勒莫老师在厚厚的镜片后睁大了双眼。

“我们正在寻找一头奶牛。”我回答道。

“一头奶牛？”

“是的，一头奶牛。几天前，那头奶牛就躺在校园里的草坪上，它的肚子胀得非常大。然后，第二天，它就不见了，消失了。”

“从我来到这里以后，从来没有听说过奶牛的事情。”蓬佩勒莫老师有些悲伤地说，“对不起。”

我们都有些沮丧，甚至像片奶酪一样趴在地上的玛奇亚也发出了叹息。过了一会儿，蓬佩勒莫老师似乎重新见到了光明，说道："不要放弃，用心去做！也许奶牛就近在咫尺，只需要再付出点儿小小的努力。你们看看那下面！"蓬佩勒莫老师指了指黑暗中的一个地方。

"那里！"

我用手电筒照了照，看到了一扇绿色的小铁门。

"那是一个废弃车库的入口，你们可以去看看那头奶牛是不是被藏在那里。"

这对我们每个人来说都无疑是个明智的建议。"但你们一定要小心。"蓬佩勒莫老师补充道，"有一只大黑獒犬守在门口，实际上它是只母狗，但个头同熊一样大，会让你们感到害怕……"

最先恐慌的是玛奇亚。我试图抚摸它，让它放心。但它对我怒目而视，仿佛在问："她在说什么？"我们必须想出办法去驯服那只獒犬，这绝非易事。当我们集中注意力思考这个问题时，只有毛里还在聊天，仿佛他同蓬佩勒莫老师昔日的美好时光才是最重要的。他不像一位真正的探险队队长，是马蒂亚把他重新拉回现实。

当我和雅各布就如何催眠獒犬做各种假设时，马蒂亚的眼角扫到优素福正在吃剩下的最后一块比萨。下一秒钟，马蒂亚冲到优素福面前，从他手中夺过比萨。优素福吃惊地看着马蒂亚，一时喘不过气来。要不是我们马上向他解释这是为了完成任务做出的必要牺牲时，优素福早就放声大哭了。

“我们要把比萨扔给獒犬，这样它就会分心。当它忙着吃东西时，我们中的有些人……”

“我们中的谁？”优素福担忧地问道。

于是我们不得不通过数数的方式决定由谁担负起这个使命，因为没有人愿意冒险。不幸的是，最后选中的是我和玛奇亚。玛奇亚非常沮丧，它一点儿都不想动。我不得不向它承诺陪它散一百万次步，为它提供更多点心，再买一个它最爱的全新木偶。我把耳朵贴在绿色小门上，听到了獒犬的咆哮声。我无法告诉你们我是如何鼓起勇气打开那扇绿门的。

我几乎只伸进去了胳膊，甚至连看都不敢看一眼，就把比萨扔了进去。问题是玛奇亚，一看到那块已经被优素福吃掉奶酪和番茄的比萨飞走了，就忍不住去

追赶它。我没有意识到玛奇亚穿过我的双腿，钻进了危险的仓库。我开始像疯子一样尖叫着求救，害怕最糟糕的情况发生，因为我确定獒犬会攻击我那可怜的小公狗。所有人都跑到我的身后，然后我们看到了让人难以置信的一幕：獒犬女士正在舔着可怜的玛奇亚，让它沉浸在快乐的海洋之中。但显然，比起獒犬女士的分外垂爱，玛奇亚对占有那块比萨饼更有兴趣。獒犬并没有看上去那么可怕，相反，它总是摇着尾巴，兴高采烈地流着口水。

当獒犬沉浸在新伙伴的快乐陪伴中时，我们一行前往仓库寻找奶牛。在仓库灯泡昏暗的光线下，氛围显得有些诡异。眼前一片混乱：一辆破旧的汽车停放在某个角落，一副生锈的滑雪板，几个大箱子和角落里鼓鼓的黑色大篷布。毛里没有片刻迟疑，眼角的泪水已经干涸，他用手指了指那块大篷布，说道："我们去那里看看！"

我们慢慢地靠近那块布，毛里掀起其中一个角。我帮忙打开手电筒。很快，我就发现里面藏着的是那头消失的奶牛。“是奶牛！”我喊道。我们都惊讶极了。但现在能做些什么呢？我们掀开了那块黑色大篷布，出现在我们眼前的奶牛比我记忆中的还要臃肿，它是一头真正的热气球奶牛，只要我们把捆住它脚的绳子从地上解开，它就随时可以起飞。奶牛用温顺而疑惑的眼神看着我们，或者只是我如此认为，因为它的眼睛一直处于半闭的状态，就像一个人昏昏欲睡时或发高烧时的模样。我走到它身边，告诉它不要害怕，我们会想办法还它自由。但是如何把它弄出去呢？

弗朗切斯基诺重新研究起学校的地图，雅各布快速筛选可能的出口，马蒂亚、亚历山德鲁和优素福观察着周围的环境，陷入了沉思。玛奇亚已经吃完了比萨，而獒犬仍然表达着对玛奇亚到来的欣喜。

毛里什么话也没说，做了一个异常冒险的动作：他松开了奶牛的绳子。

一瞬间，奶牛脱离了地面，像失控的气球一样贴着天花板停了下来。我并不认为奶牛会感到高兴。我们让自己陷入了困境！必须快速找到方法让它离开这里。

“孩子们，你们可别忘了我！”隔壁的地下室里传来蓬佩勒莫老师的喊声。天色已晚，外面伸手不见五指。很快，学校办聚会的借口就会露馅，家长们会担心不已。另外，还需要去拯救朱莉娅，不知道她是用什么办法把老门卫和他的妻子拖了这么长时间的。

“我们必须打破天花板。”手持破冰斧的亚历山德鲁说。带着锤头和钉子的马蒂亚也挺身而出。“可是你们怎么上去呢？”毛里担心地问道，“即使爬上我的肩膀，你们也够不到天花板！”

我们产生深深的挫败感。然而亚历山德鲁并不想放弃，他将破冰斧对准墙壁，开始轻轻地敲打起来。马蒂亚拿着锤头跟在他身后。“你们这样不行。”毛里说，“让我试试看！”他用尽全力，把破冰斧砸向墙中央，墙面发出一声奇怪的嘎吱声。不一会儿，一大块混凝土脱落下来，一团白色粉末笼罩住我们，让我们看起来像是裹着面粉的面包师，也如同幽灵一般。看到彼此的模样，我们忍不住哈哈大笑。然后毛里准备再次用破冰斧砸墙，但亚历山德鲁阻止了他："你这样做，整面墙都会倒的！"

从墙上的洞口传来夜晚的寂静和寒意。"得让奶牛通过。"弗朗切斯基诺一边说着，一边丈量着洞口的高度。"这不可能。"毛里回答。这时的气氛非常紧张，同时也很微妙。连玛奇亚和獒犬女士都默不作声地看着我们，彼此靠在一起。

我拉住绑在牛腿上的绳子，试图把它拉到墙上的洞口处，但并不容易。奶牛表现得就像在派对上被售卖的气球，我试图让它下来，但它很快又飞了起来。作为一头牛，它实在是太轻了。

"再用力点儿。"毛里对我说，"把奶牛拉到更下面一些。"当奶牛到达合适的高度时，毛里和其他人从背后抱住它，试图将它推向墙上的洞。奶牛的脸在正确的位置，现在只需要把它的大屁股和大肚子等其他部位对准洞口就行了。我们开始推动奶牛，但它的肚子很快堵住了出口。现在我们需要对奶牛的身材塑形，就好像当裤子很紧时你需要屏住呼吸一样。慢慢地，牛肚子到了墙外，里边只剩下它的大屁股。再推几下，牛的屁股也出去了。然后我也穿过了洞口，手里还紧紧地拽着绳子。奶牛很快站了起来。此刻，只剩下寂静的夜晚、我头上的奶牛和越来越困惑的我。有那么一瞬间，我感到自己的身体开始被往上拽，我看到了一些东西离开了我，也许是我同他们分离了。

“嘿！”我喊道。没有人回答我，此刻他们正在忙着拯救蓬佩勒莫老师。蓬佩勒莫老师也不得不穿过那个洞，最终重获自由。

“嘿！”我再一次喊道，“嘿，下面的人！”

依然没有回应。我就像坐在热气球的篮子里，虽然我从来没有坐过热气球。天上的世界真是不可思议。它看起来更加干净，也更加漂亮。我看到了学校、城市的灯光和树冠，沉浸其中又有些害怕。“你要带我去哪里？”我问奶牛。我抬头看它，看到的只是它的大肚子。它用我不知其意的“哞哞”声做了回应，但我能感受到它的快乐。

几分钟过后，我看到毛里被蓬佩勒莫老师带着飞到了我的身边。“嘿，毛里。”我说，“我在这儿！”他转身对我微笑，蓬佩勒莫老师也笑了。

“你准备好降落了吗？”毛里问我。

“在哪里降落？”

“当然是柔软的地方。”

“哪里有柔软的地方？”

“这附近应该有一座赛马骑师的房子。他在屋前的草坪上放了一些干草……”

“好主意，但我还想在上面多待一会儿，太美了！”

蓬佩勒莫老师看了看手表，说道：“可是我们得走了。”

“你们不能再多待一会儿吗？”

“已经很晚了，我的孩子们。对我和你们来说，都太晚了。你们的父母会担心的。至于我和那头牛，是到了我们该飞走的时候了。待在地上越久的人往往越不能接受这样的事实，内心也无法得到平静……他们试着去阻止这一切，有时甚至因此去隐瞒。飞走并不意味着消失。”

我想起了我的奶奶，眼眶有些湿润，但我不想哭。

“可我再也没有见过我的奶奶。”我发表了反对意见。

“我也再没有见过我的猫咪托罗内。”毛里补充道。

“这只是等待的问题。”蓬佩勒莫老师笑着说。

“等待什么？”我问。

“唯有等待。”蓬佩勒莫老师回答，再一次看了看手表。

我想，如果蓬佩勒莫老师能永远做她内心想做的事情，也就是跳舞，那么我的奶奶，无论她在哪里，都能去玩填字游戏。她可是玩填字游戏的高手。她会像玩她最爱的游戏时把点连在一起那样，将天上的星星连在一起。她会从填字游戏中抽离出来，抬起头，透过眼镜片看着我，对我说："莱昂，看这里，看看这是怎么做出来的。"然后，我会对她说："你真的超级棒。"

猫咪托罗内会追着毛线球玩耍。蓬佩勒莫老师会翩翩起舞。那么奶牛呢？谁知道奶牛会做什么。很难猜出一头奶牛的梦想是什么。

"现在我们真的要走了。"蓬佩勒莫老师说。

我和毛里看着彼此，充满了悲伤。

"真的好遗憾。"

"别难过。"蓬佩勒莫老师说，"现在放轻松，不要有压力，保持愉快的心情……"

"然后呢？"我问道。

"然后，莱昂，你要记住：在夏天的夜晚，你可以抬起头来仰望星空，静静等待。你会看到那些闪闪发光的亮点，它们不是一动不动的星星，也不是流星。

它们看起来像是小小的金球，明亮的气球，还有点儿像中国的灯笼……”

“我会认出你来吗？”

“只要你愿意。”

“那奶奶呢？”

“当你把星星的点连在一起，你就会见到自己朝思暮想的人。不要分心，集中注意力。那是她在同你打招呼。”

作者的话

我的第一本真正的书

我，永远的读者

亲爱的6—99岁的读者：

我先从儿时小小的记忆说起。当时我还在上学，大约九岁或十岁。有一天，代课老师给我们看了一本书的其中一页，那一页色彩斑斓。上面画着许多小人的形象，每一个小人代表着不同的职业。有铁匠、木匠、医生、舞者、律师、邮递员，还有科学家、画家和记者。

但，没有作家。

我问老师为什么没有作家。听到这个问题后，老师有点儿惊讶，同时回答我说，上面有记者，对此我应该感到满足。好吧，我说。但是我没有被真正地说服。记者是讲述真实故事的人，或者说是应该讲真实故事的人。作家是一个几乎讲述真实故事的人，但又不需要那么真实，有时一点儿都不真实。作者笔下的那些故事是被创造出来的。也许作家不是一个非常严肃的职业，出于这个原因，它没有出现在那本书的那一页上。

如今，我也出版过一些书，但我始终无法说清我的职业是什么。我承认，绘画、阅读和写作一直是最令我着迷的事情。当我放弃成为一名伟大的设计师时，我对自己投身于写作这件事感到无比开心，就像我希望自己永远是十岁小孩一样。

我最早的文学作品出现在父亲的记事本中，我用乱涂乱画、只言片语和皆有可能出现的标题毁了他的笔记本。我在上面写道："传说中的贝法纳女巫真的不

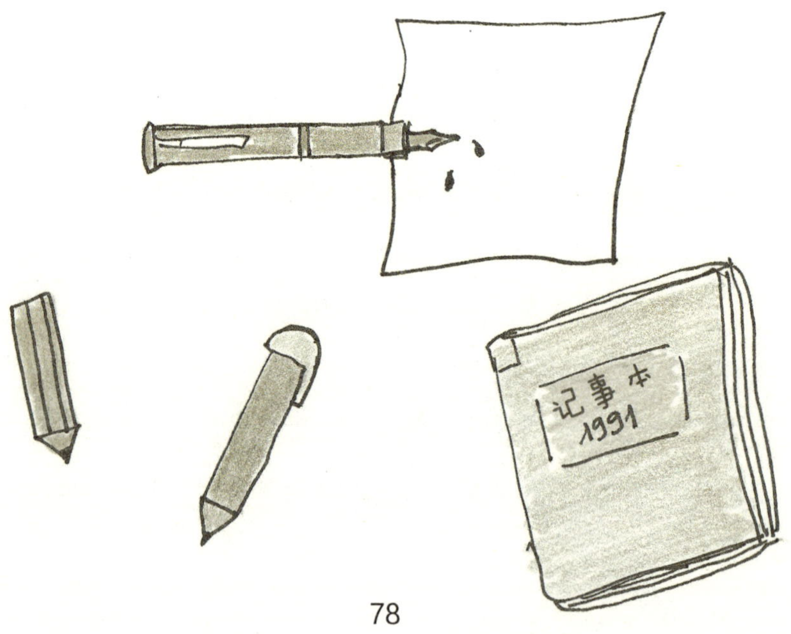

存在吗？”我想通过调查向世界表明，如果圣诞老人可能不是真的，那么贝法纳女巫肯定是真的。此外，为了调查定时出现的女巫，每年的1月6日，我总是醒得很早，我会听到厨房传来奇怪的声音。然而，由于我的分心或者缺乏证据，调查都有始无终了。

《会飞的牛》是一本地地道道、货真价实的小说。我想，在小学三四年级的时候我就确定这将会是我的第一本书。这本书的封面上绘有一头牛，牛的上面印着我有趣的名字。那是一个会让所有人忍俊不禁的名字。多年后我会发现上面写着的是传奇的作家贾尼·罗大里[①]在《蓝箭号冒险记》[②]中为他的角色创造的一个名字——保罗·狄·保罗。这个名字曾深深地吸引着我。

总之，有一天早上我跑回家，向奶奶一口气讲述了躺在我们校园草坪上那头肚子肿胀、一动不动的奶牛的故事。第二天早上，奶牛不见了。也许它飞到了其他地方，也许人们把它藏了起来。

你们手中拿着的这本书，本应该在几年前就完成。但正如贝法纳女巫的故事一样，在写关于奶牛的故事时，我同样分心了。我中断了构思，开始写其他东西，追逐作家的梦想。

---

① 贾尼·罗大里（Gianni Rodari）是20世纪意大利儿童文学作家和诗人，1970年国际安徒生奖得主。代表作《洋葱头历险记》在1954年由任溶溶译为中文出版，是20世纪五六十年代为数不多被译介且影响广泛的经典儿童文学作品。

② 《蓝箭号冒险记》(La freccia azzurra）是1996年由恩佐·达阿罗（Enzo D'Al ò）执导的意大利动画电影，改编自贾尼·罗大里（Gianni Rodari）创作的故事。

就像所有的梦想一样，当它还是一个梦想时，它才是最美的。我们可以想象它闪闪发光、充满乐趣的样子。你在打字机（那是从我爷爷那里偷来的）或电脑前待上好几个小时敲打键盘，满脑子的奇思妙想，沉浸在自己的世界里。然后你会意识到，是的，在某些方面，就像成人的那些事一样，并没有我们小时候期待的那么美好。正当我同这个想法苦苦做斗争，对成为一个被成年人包围的成年人而失望时，我需要

“排毒”。于是，我决定重新关注一个遥远的地方——我们校园里的那块草坪。所以，在写完文章、散文、故事和小说之后，我意识到自己推迟了一个非常重要的约定。也许是最重要的一个——关于“会飞的牛”的约定。或者说，那是我想象开始的第一缕曙光。

就像是重生。现在这本书写好了，我觉得这才是我的第一本书。

这本书就是一切的开始。有那么一刻，我感觉看到那头牛从我头上飞过，像飞艇一样缓缓地移动。我向它挥挥手打招呼，如果我没记错的话，它也冲着我笑了。

也许它想告诉我，只要我们打开双耳、睁开双眼，只要我们保持耐心，留心身边的事物，学会等待，一切都会归来。只要我们还在，一切都可以重来。

保罗・狄・保罗（P.D.P）